25512

ÉPITRE

SUR

LE PROGRÈS

PAR

M. G. DE LA PLANCHE.

BORDEAUX.

IMPRIMERIE DE TH. LAFARGUE, LIBRAIRE,

RUE PUITS DE BAGNE-CAP, 8.

—

1857.

ÉPITRE A M. H. M.

—◇—

RÉPONSE A SA SATIRE CONTRE LE PROGRÈS.

ÉPITRE A M. H. M.

RÉPONSE A SA SATIRE CONTRE LE PROGRÈS.

> Le progrès, c'est le développement graduel
> de la puissance de l'homme sur la nature ;
> c'est surtout le développement de sa moralité.
>
> TURGOT.

> Borné dans sa nature, infini dans ses vœux,
> L'homme est un dieu tombé qui se souvient des cieux.
>
> LAMARTINE.

> En étudiant l'histoire, il me semble qu'on
> acquiert la conviction que tous les évènements
> principaux tendent au même but : la civilisation
> universelle.
>
> Mme DE STAEL,
> *De la Littérature considérée dans ses rapports, etc.*

> L'humanité est un homme qui ne meurt ja-
> mais et qui progresse toujours.
>
> PASCAL.

Tu maudis le Progrès, et malgré ce travers,

Ingrat, c'est à lui seul que tu dois tes beaux vers.

Pourrait-on en douter en lisant ta satire ?

Tu maudis le Progrès ! Eh bien ! moi je l'admire.

Et pourtant, quel tableau tu nous fais du Progrès !
Qu'il a produit de bien, même dans ses excès !
Mais il a du vieux temps renversé les idoles ;
Ce grand rénovateur a changé tous les rôles ;
L'intelligence enfin est un titre à ses yeux.
Ce n'était pas ainsi qu'en pensaient nos aïeux.
Tu dis qu'à vivre heureux ils bornaient leur étude,
Ne suivant qu'un chemin, celui de l'habitude. —
Sans de hardis penseurs, qui s'en sont écartés,
L'esprit n'eût pas fait voir ses sublimes clartés ;
Comme de vils troupeaux nous passions sur la terre,
Si le Progrès vainqueur, dans son active guerre
Contre les préjugés, ne se fût posé roi ;
Car il fait tout marcher sous sa commune loi.

Ses bienfaits sont patents : peux-tu les méconnaître ?
Nous en jouissons tous : ami, c'est le bien-être.
Jadis il se cachait dans le sombre manoir ;
Maintenant, sous le chaume on commence à le voir.
Les beaux-arts, la science, unis à l'industrie,
Des pays divisés ne font qu'une patrie ;
L'artiste, le savant, même l'industriel,
Ne s'inspirent-ils pas des feux du même ciel?
Ces civilisateurs, en parcourant le monde,
Par la vapeur conduits sur la terre et sur l'onde,

Et, portant le Progrès chez les peuples divers,
Ainsi que le soleil, fécondent l'univers.

Tu voudrais du Progrès limiter la puissance,
Laisser l'homme vieillir dans son adolescence;
Tu te plains du Progrès, dont le brillant flambeau,
Du vieux monde éclairé fait un monde nouveau !
Dieu le voulut ainsi, pour que la race humaine,
Sur les pas du Progrès, pût parcourir la chaîne
Qui de la créature atteint au Créateur,
Et dont l'humanité mesure la hauteur.

Mais, vas-tu t'écrier : « Depuis le grand Homère,
Quels progrès les beaux-arts ont-ils faits sur la terre ?
Car, poètes vantés, aux talents si divers,
Homère est sans égal, en dépit de vos vers.
Architectes, sculpteurs, amants de l'harmonie,
Peintres, maudissez-moi; mais ma plume hardie
Proclame hautement que, dans tous vos travaux,
Vous n'avez pas atteint vos immortels rivaux. »
— Oui, longtemps dans les arts le Progrès fut sans vie;
Mais quel pas il a fait par la philosophie,
Quand le divin Jésus, prêchant l'égalité,
Vint apporter l'amour et la fraternité !
L'esclavage, à sa voix, brisa sa lourde chaîne :
L'homme respecta l'homme, et dans la race humaine

Chacun trouva son rang. Dans ce vaste concours,
L'humanité marchait et progressait toujours.

Après les inspirés, soit prêtres, soit poètes,
Le doute assiégea l'homme; à d'autres interprètes
Il demanda conseil. L'examen enfanta
Les savants, chœur sacré, qui bientôt apporta
Les éléments divers puisés dans la science.
L'industrie y trouva sa corne d'abondance :
Sur les chemins, les mers, les fleuves, les canaux,
Le progrès triomphant fit flotter ses drapeaux.
Que dis-je? Dans les airs bientôt il nous promène ;
De ce vaste univers il agrandit la scène,
Et, perçant de l'éther les abîmes profonds,
Ouvre dans l'infini de nouveaux horizons.
Quand de paillettes d'or la nuit sème son voile,
Un soleil, au savant, paraît dans chaque étoile;
Autour de ce soleil, d'autres globes nombreux
Gravitent sur ce centre et vivent de ses feux.
Quant aux astres errants qui sillonnent l'espace,
A peine ont-ils pointé qu'on jalonne leur trace :
Sans jamais s'écarter, l'astre suit ce chemin,
Comme un docile enfant qu'on mène par la main.
Les éclipses jadis, et surtout les comètes,
Pour les peuples grossiers, présageaient les tempêtes;

Aujourd'hui l'on démontre avec un instrument,
Que rien ne peut troubler l'ordre du firmament,
Qu'aux lois du grand Newton chaque astre doit s'astreindre,
La terre les subit, sans avoir à les craindre.

Mais revenons du ciel sur ce modeste sol ;
L'aigle seul dans l'éther peut maintenir son vol.
Gloire au Progrès ! on voit sur le globe où nous sommes,
Qu'il utilise tout pour le bonheur des hommes.
On ne coupe plus l'arbre afin d'avoir le fruit ;
Dans le creux des rochers, qui donc passe la nuit ?
Par des chemins nombreux la terre est sillonnée,
Et partout le Progrès poursuit sa destinée.
En creusant ses sillons, pourquoi le laboureur
Cherche-t-il les moyens d'abréger son labeur ?
Sans le savoir, il suit le Progrès qui le presse ;
Il a gagné du temps : le temps, c'est la richesse.

Ainsi va le Progrès, incessant, continu,
Plongeant dans l'avenir, expliquant l'inconnu ;
Avant le résultat traité de chimérique,
Béni dès qu'il profite à la chose publique ;
Guidant l'esprit de l'homme et ses pas vagabonds
Dans un chemin semé de mystères profonds,

Dont, pour la terre heureuse, en dissipant leur ombre,

Le Progrès tous les jours diminûra le nombre ;

Présent qui du passé compose l'avenir :

Travail infatigable et qui ne peut finir,

Qui de cet univers illuminant la scène,

A l'homme montrera son immense domaine,

De la création saisira l'unité,

Et face à face en Dieu verra la vérité.

G. DE LA P......

Cette Épître, insérée dans LA GUIENNE du 19 Septembre 1849, était précédée des réflexions suivantes de M. Justin Dupuy, rédacteur en chef :

« On nous adresse les vers suivants sur le *Progrès*. Nous ne faisons nulle difficulté de les insérer, bien qu'à notre avis, ils ne traitent qu'incomplètement ce grand sujet. Le *Progrès* dont parle l'auteur de cette pièce n'est, à proprement parler, que matériel. Il embrasse, il est vrai, la science et le domaine de la nature ; mais c'est pour constater les découvertes que l'homme a déjà faites dans le passé, ou pour prédire celles qu'il fera dans l'avenir. Ce sont là assurément des succès glorieux pour l'intelligence humaine ; mais qu'y gagne l'être moral ?

« Est-on meilleur parce qu'on est plus savant ? La solution d'un problème a-t-elle donné une vertu de plus à l'humanité ? C'est ce qu'il faudrait établir, ne fût-ce que pour nous prouver que de conquête en conquête, dans le monde scientifique, l'homme s'élèvera jusqu'à la hauteur morale où il verra Dieu face à face. Ce sont là des choses qui vont très-bien en poésie, et qui résistent très-peu à la discussion. L'histoire de l'esprit humain prouve, par les faits les plus avérés, que la science seule n'a pu sauver les peuples civilisés de l'abîme de corruption où ils se sont engloutis. Est-ce que, sur les bords de cet abîme fermé depuis tant de siècles, les ruines de Rome et d'Athènes ne sont pas debout pour justifier notre thèse ?

« Est-ce à dire pour cela que nous sommes pour le paradoxe de J.-J. Rousseau contre les sciences et les savants ? Dieu nous garde d'une pareille folie ! Ce que nous voulons dire seulement, c'est que la science sans la religion n'a pas d'influence morale ; c'est que, hors du Christianisme, qui a fait la civilisation moderne, et qui nous a donné le spectacle de tant de dévoûments, de tant de vertus, depuis le Sauveur du monde jusqu'à nos Sœurs de charité, on ne peut rien pour le cœur de l'homme, dont la nature essentiellement égoïste sacrifie tout à ses propres jouissances.

« Nous savons bien qu'une école nouvelle, dans laquelle on compte des esprits brillants et ingénieux, veut nous donner une nouvelle religion avec de nouvelles vertus. Qu'elle nous prouve la puissance de ses principes, à la façon du philosophe qui marchait pour prouver le mouvement ! Qu'elle fasse des âmes dévouées, des volontés héroïques, des esprits modestes ! Qu'elle fasse aimer le pauvre comme un frère, et qu'au lieu de la haine qui bouillonne dans celui qui n'a pas contre celui qui a, elle apprenne la résignation, l'amour du travail et la probité privée et publique ! Qu'elle donne tout cela, comme le Christianisme l'a fait, et nous écouterons avec plus de sympathie les novateurs qui ont, dans leur carnet, un nouveau monde.

« Nous tenions a faire ces rapides et succinctes observations, pour prouver au littérateur qui nous envoie ces vers, que si nous aimons le Progrès, nous le voulons complet, et que la science, essentielle pour le développement de l'intelligence humaine, ne peut, à elle seule, nous initier à la connaissance de la vérité, dont parle le dernier vers de cette pièce. »

Bordeaux, le 27 Septembre 1849.

RÉPONSE A M. JUSTIN DUPUY.

MONSIEUR ,

Ce qui prouve que vous voulez le *Progrès*, c'est l'insertion dans votre journal, de ma pièce de vers. Vous ne voyez, dites-vous, dans cette pièce, que le *Progrès matériel;* mais, avec un peu plus de bonne volonté, n'y trouveriez-vous pas aussi le Progrès moral? Vous convenez que le Progrès dont nous parlons embrasse la *science* et le *domaine de la nature;* [1] *que la science ne*

---

[1] Ce qui sépare l'homme civilisé de l'homme sauvage ce sont les sciences, sans lesquelles nous ne saurions rien de l'œuvre de Dieu, l'amour du prochain, sans lequel nous retomberions dans l'état de guerre d'homme à homme, de tribu à tribu, de peuple à peuple; enfin, sans la connaissance d'un Dieu, qui établit la fraternité humaine, et sans laquelle nous mourrions dans les superstitions des gris-gris et dans les horreurs de l'anthropophagie..

Aim. MARTIN, *(Philosophie sociale, p. 285).*

peut à elle seule nous initier à la connaissance de la vérité
dont parle notre dernier vers; mais c'est précisément ce
que nous disons nous-mêmes :

« Tu voudrais du Progrès limiter la puissance,

« Laisser l'homme vieillir dans son adolescence;

« Tu te plains du Progrès, dont le brillant flambeau,

« Du vieux monde éclairé fait un monde nouveau?

« Dieu le voulut ainsi, pour que la race humaine,

« Sur les pas du Progrès, pût parcourir la chaîne

« Qui, de la créature, atteint au Créateur,

« Et dont l'humanité mesure la hauteur. »

Ce n'est donc pas la science seule qui nous conduit à
la vérite; mais c'est *Dieu qui le voulut ainsi :* c'est donc
lui qui nous initie à la connaissance de la vérité. N'est-
ce pas là le Progrès moral que vous n'avez pas voulu
trouver dans nos vers ? Allons plus loin : peut-être en
découvrirons-nous quelque autre, où le progrès moral
brille d'un éclat assez vif pour frapper les yeux des
moins clairvoyants :

« Oui, longtemps dans les arts le Progrès fut sans vie;

« Mais quel pas il a fait par la philosophie,

« Quand le divin Jésus, prèchant l'égalité,

« Vint apporter l'amour de la fraternité !

« L'esclavage, à sa voix, brisa sa lourde chaîne :

« L'homme respecta l'homme, et dans la race humaine,

« Chacun trouva son rang. Dans ce vaste concours,

« L'humanité marchait et progressait toujours. »

N'est-ce là, *à proprement parler, que le Progrès matériel ?* Allons, Monsieur, un peu plus de bon vouloir,
et nous finirons par nous entendre.

« *L'esclavage, à sa voix, brisa sa lourde chaîne.* »

N'est-ce point là un Progrès moral ?

« *L'homme respecta l'homme.* »

N'est-ce point là un progrès moral ?

Mais, avant le Christianisme, les Sages de la Grèce,
Socrate lui-même, croyaient que l'homme naissait esclave, et conséquemment qn'il n'y avait rien de plus na-
turel que l'esclavage. Les Romains adoptèrent cette
croyance, et elle existerait vraisemblablement encore de
nos jours, sans la morale évangélique dont Jésus donna
au monde l'exemple et le précepte. *L'homme respecta
l'homme, et dans la race humaine chacun trouva son rang.*
Et non moins que l'esclave, la femme, qui pourtant avait
donné le jour aux prophètes, aux poètes, aux héros,

aux hommes de génie, à Jésus lui-même, était jugée, jadis, d'une nature inférieure à la nôtre. Dans toutes les grammaires, ne trouve-t-on pas encore que le sexe masculin est plus noble que le sexe féminin? Maintenant, grâce au divin Jésus, nos mères, nos épouses sont de la même nature que leurs fils et leurs époux.

Persisterez-vous encore à soutenir que nous n'avons rien dit du *Progrès moral?* S'il en était ainsi, vous nous donneriez la preuve que vous ne nous avez pas lu avez assez d'attention. Le dernier vers dont vous parlez, n'est que la conséquence de l'avant-dernier ; or, comment voulez-vous que le Progrès puisse *saisir l'unité de la création* sans qu'il soit à la fois et moral et physique ?

Si nous avons demandé un peu d'attention pour découvrir le Progrès moral dans notre Épître, où vous pensiez qu'il brillait par son absence, il n'en n'est pas de même du Progrès matériel; vous en trouvez l'apologie partout, même où il n'est pas, comme nous l'avons surabondamment prouvé. Mais ne dédaignez pas la science [1],

[1] Vois-tu ce caillou informe qui roule sous tes pieds? c'est l'image de la science : tu le méprises, et n'aperçois que ses grossières molécules; un autre l'observe, l'étudie et en fait jaillir la lumière.
Aimé MARTIN, (*Philosophie sociale, p.* 255).

et surtout le *domaine de la nature*. Par la connaissance de la création, la science élève l'âme vers le Créateur, et plus elle fouille le *domaine de la nature*, plus elle reconnaît la sublimité *du grand artiste*. Croyez–vous que l'habitant de nos Landes, qui n'est jamais sorti de ses arides solitudes, puisse, sans étude, être pénétré des merveilles de la création, comme l'homme de science qui consacre sa vie à les découvrir? Non! le Dieu du pâtre sera aussi grossier que ses vêtements, aussi sauvage que ses troupeaux, aura moins de puissance que le devin du village, que la sorcière du bois voisin. Cependant, le savant, guidé par le Progrès, s'approchant de plus en plus de l'unité de la *création*, qu'il cherche à *saisir*, reconnaît, par l'expérience, quelques–uns des grands principes qui gouvernent le monde; aussi, n'a–t–on pas dit de Newton, qu'en démontrant les lois de la gravitation, il avait prouvé aux sages même l'existence de Dieu? Le bœuf Apis, dit Voltaire, était-il adoré à Memphis comme dieu, comme symbole, ou comme bœuf? Il est à croire que les fanatiques voyaient en lui un dieu, les sages un simple symbole, et que le sot peuple adorait le bœuf.

Mais, partout où l'homme de science[1] jette ses

---

[1] Rabelais emploie six fructueuses années à acquérir toutes les sciences qui élargissent la connaissance de Dieu et de ses créatures, comme il le dit en si beau langage.

_ *Histoire de France de* Henri MARTIN.

regards scrutateurs, ne trouve-t-il pas des traces d'une intelligence infinie? Pour ne citer qu'un fait, *la vis d'Archimède* est certes le plus utile de tous les béliers hydrauliques, une des plus belles inventions de ce célèbre géomètre : eh bien ! ce n'est qu'une grossière imitation de l'estomac du requin ou des *squales*. En effet, la vis d'Archimède s'enroule sur une verge rigide de fer ou de bois, et il n'est pas plus possible, par conséquent, d'allonger ou de raccourcir son axe, que de diminuer ou d'augmenter le diamètre de son tuyau, lequel est aussi rigide que l'axe, puisqu'il est ordinairement fait de la même matière. Le requin, au contraire, sans le moindre effort, allonge ou raccourcit l'axe de son estomac, grossit ou diminue le diamètre de sa spirale, parce que la substance dont l'estomac est composé, a la même élasticité que le caoutchouc.

Ainsi, l'étude de la nature révélant à la science que tout y est parfait, d'une perfection que l'homme de génie n'égalera jamais, n'humilie-t-elle pas l'orgueil de la créature devant l'immensité du Créateur? N'est-ce pas la science qui proclame hautement que, plus elle étudie la nature, plus elle s'aperçoit que son domaine s'agrandit? Et pourtant, elle ne peut positivement parler que de notre globe, véritable atôme dans l'espace, où le Progrès la sollicite sans cesse à de nouvelles découvertes. Ces découvertes rendent les hommes meilleurs, puisqu'elles les rapprochent de plus en plus de la cause invisible dont ils reconnaissent partout les effets ; or, plus on se rapproche de Dieu, plus on cherche à lui ressembler. Ainsi, à ce point de vue encore, le Progrès moral marche de concert avec ces *glorieux succès de l'intelligence humaine.*

Nous avons donc le droit de tirer cette conclusion : Le *Progrès moral*, nié par vous, n'existe pas moins, dans notre Épître, que le *Progrès matériel,* que vous ne niez pas.

Mais, pour terminer plus chrétiennement cette lettre, déjà trop longue, permettez-moi d'emprunter une citation à l'apôtre de la tolérance :

« Écartons, dit-il, [1] tous les sujets de dispute qui di-
« visent les nations, et pénétrons-nous des sentiments
« qui les réunissent. La soumission à Dieu, la résigna-
« tion, la justice, la bonté, la compassion, la tolérance,
» voilà les grands principes. Puissent tous les théologiens
« de la terre vivre ensemble comme les commerçants,
« qui, sans examiner dans quel pays ils sont nés, dans
« quelles pratiques ils ont été nourris, suivent entre eux

[1] VOLTAIRE, *Homélie sur l'Interprétation de l'Ancien Testament*, p. 503 et 504.

« les règles inviolables de l'équité, de la fidélité, de la
« confiance réciproque ! Ils sont, par ces principes, les
« liens de toutes les nations ; mais ceux qui ne connais-
« sent que leurs opinions, et qui condamnent toutes les
« autres ; ceux qui croient que la lumière ne luit que pour
« eux, et que les autres hommes marchent dans les ténè-
« bres ; ceux qui se feraient un scrupule de communiquer
« avec les religions étrangères, ceux-là ne méritent-ils
« pas le titre d'ennemis du genre humain ? »

Agréez, etc.

G. DE LA PLANCHE.

ÉPITRE DE M. H. M.

A M. D. DE LA P.

———

Mon ami, tes vers sont parfaits,
Et je me plais à les relire;
Peut-on, quand c'est lui qui t'inspire,
Du Progrès nier les bienfaits?

Jusqu'à ce jour, j'eus la folie
De le combattre obstinément;
Mais avec lui, dès ce moment,
Ta muse me réconcilie.

A nous régir, à nous charmer,
Le Progrès n'eût-il aucun titre,
Poète, ta brillante Épître
Suffirait pour le faire aimer.

Bordeaux, le 20 Septembre 1849.

RÉPONSE DE M. G. DE LA P.

A. M. H. M.

———

Faire aimer le Progrès, c'est mon unique envie :
Je lui sacrifirais ma fortune... ma vie!...
Trop heureux si, du fond de mon obscurité,
J'ai pu te faire voir sa sublime clarté,
Te signaler le but où tend la race humaine,
Te montrer le chemin qu'elle parcourt sans peine,
Alors qu'accomplissant les décrets souverains,
Sous l'aile du Seigneur, elle suit ses destins.
Vainement tu voulais, dans ta folle jeunesse,
Résister au Progrès qui nous pousse sans cesse ;

En dépit d'Apollon, tu serais le moins fort,

Et, toujours contre lui, tes beaux vers auraient tort.

Ami, point de regret, abandonne l'ornière

Où la routine croit étouffer la lumière :

Chante-nous le Progrès moral, matériel,

Cette sainte union de la terre et du ciel.

BORDEAUX. IMPRIMERIE DE TH. LAFARGUE, LIBRAIRE.

www.ingramcontent.com/pod-product-compliance
Lightning Source LLC
Chambersburg PA
CBHW061733180626
46818CB00006B/2599